獻給 J. A. B.
克里斯·巴特華斯

獻給 姪女愛麗諾與外甥亞歷山卓
露西雅·嘉吉奧提

Ⓒ餐盒裡的食物從哪兒來？　　　　　　2020年1月初版一刷

文字：克里斯·巴特華斯／繪圖：露西雅·嘉吉奧提／譯者：黃聿君
責任編輯：朱君偉／美術編輯：黃顯喬
發行人：劉振強／發行所：三民書局股份有限公司
地址：臺北市復興北路386號／電話：(02)25006600／郵撥帳號：0009998-5
門市部：(復北店)臺北市復興北路386號　(重南店)臺北市重慶南路一段61號
編號：S300201

ISBN：978-957-14-6677-4　(精裝)
http://www.sanmin.com.tw　三民網路書店
※本書如有缺頁、破損或裝訂錯誤，請寄回本公司更換。

LUNCHBOX, THE STORY OF YOUR FOOD
Text © 2011 by Chris Butterworth
Illustrations © 2011 by Lucia Gaggiotti
Published by arrangement with Walker Books Ltd. through
Bardon-Chinese Media Agency
Traditional Chinese copyright © 2020 by San Min Book Co., Ltd.

餐盒裡的食物
從哪兒來?

文/克里斯·巴特華斯
圖/露西雅·嘉吉奧提
譯/黃聿君

三民書局

一天裡有很多精采時刻，午餐時間就是一個。趕緊掀開餐盒，看看裡面裝了什麼！

爸爸媽媽在餐盒裡裝滿各式各樣的美味食物，而這些食物，可能是在同一家商店一次買齊的。不過，商店裡可沒有種食物唷！

那麼，商店裡的食物是
從哪裡來的呢？

餐盒裡的食物，究竟是怎麼來的？

麵包從哪裡來？

農夫在春天播種，到了夏天，種子長成高高的小麥隨風搖擺。每株麥稈的頂端，都結滿成熟飽滿的麥粒。

農夫開著大型聯合收割機收割，接著送到麵粉廠。

麥粒

麥粒磨成麵粉，卡車再把一袋袋麵粉送到烘焙坊。

酵母
糖

麵包師傅在麵粉中加入水、糖和酵母，揉成濕濕軟軟的麵糰後，放進烤箱用高溫烘烤。

水

麵粉

一條條新鮮麵包出爐，隨時可以送到各個店家囉！

拿起三明治，咬一口麵包吧。**嗯——**外皮酥脆，裡頭鬆軟！

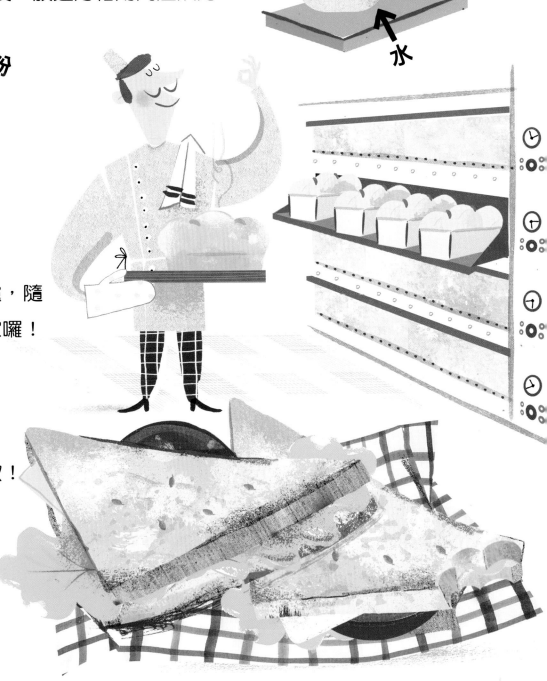

起司從哪裡來？

起司是牛奶做的，而牛奶又是來自乳牛。

酪農在牧場擠好牛奶，製乳廠會派集乳車來收。

1. 在製乳廠裡，起司師傅先將牛奶加熱……

2. 接著加入菌種讓牛奶變酸變稠。

5. 瀝掉乳清，把有彈性的凝乳切碎，加一點鹽，最後壓成塊狀。

3. 加進一種叫「凝乳酶」的東西後，牛奶再次變化……

4. 變成一小塊一小塊的凝乳，在乳清裡漂浮。

6. 一塊塊的起司，得靜置好幾個月，等待熟成。

咬一口起司吧。口感滑順濃郁又美味，在舌頭上留下好滋味！

13

番茄從哪裡來？

夏天的時候，果農用塑膠棚搭出隧道型的大溫室，在裡面種了滿滿的番茄苗。

陽光和溫暖的環境，讓番茄苗成長茁壯，開出一朵朵黃色小花。花朵凋謝後，小小綠綠的番茄就從中央冒出來。

一天天過去，植株吸收水分。番茄愈長愈大，顏色也從綠色轉為橘色，再變成紅色。

等到番茄熟透變成鮮紅色，果農就從枝頭採下番茄⋯⋯

1. 整理挑選⋯⋯　　2. 裝箱⋯⋯　　3. 送到商店裡。

扔一顆番茄到嘴裡吧！讓酸酸甜甜的汁液，在嘴裡迸開！

蘋果汁從哪裡來？

春天的時候，果園裡的蘋果樹開滿了花。到了夏天，花梗頂端冒出小小的果實。果實逐漸長大，到了秋天的時候，放眼望去，蘋果樹上結滿熟透的香甜蘋果。

果農成群結隊，摘下一桶又一桶的蘋果。

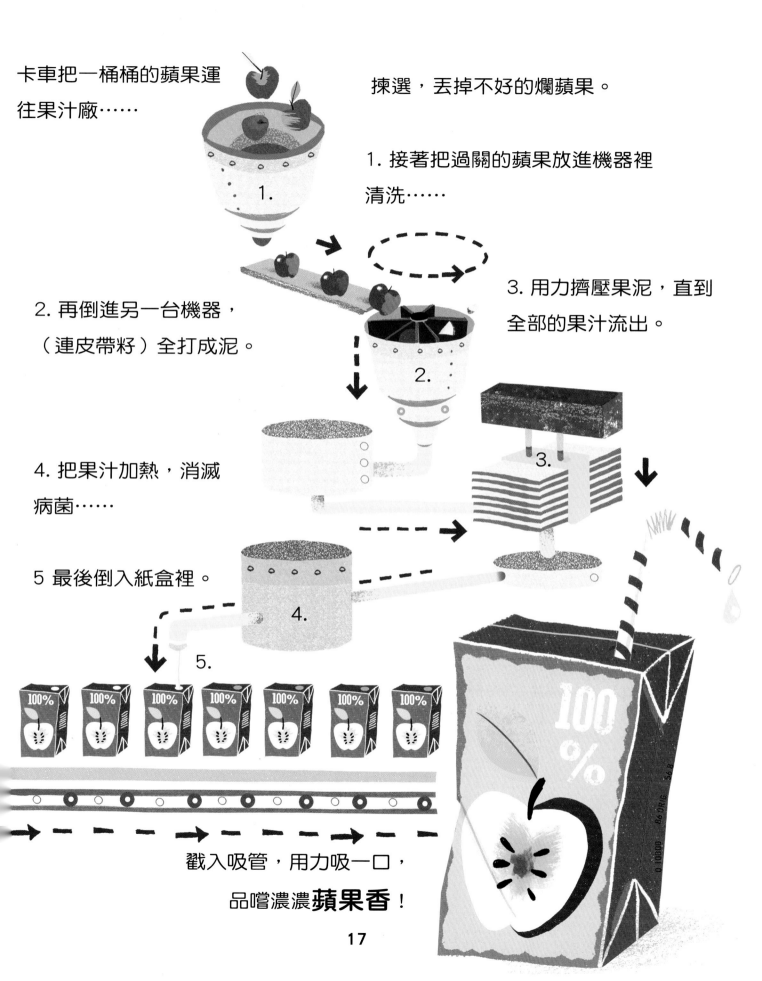

卡車把一桶桶的蘋果運往果汁廠……

揀選，丟掉不好的爛蘋果。

1. 接著把過關的蘋果放進機器裡清洗……

2. 再倒進另一台機器，（連皮帶籽）全打成泥。

3. 用力擠壓果泥，直到全部的果汁流出。

4. 把果汁加熱，消滅病菌……

5 最後倒入紙盒裡。

戳入吸管，用力吸一口，品嚐濃濃**蘋果香**！

17

胡蘿蔔從哪裡來？

春天的時候，胡蘿蔔開始在菜園裡生長。
在這個時期，我們看不到胡蘿蔔，只看得到
一排排的羽狀綠葉。

在夏天陽光照射下，
葉子愈長愈高，土壤底
下的根也愈扎愈深。
胡蘿蔔吸收水分，慢慢變
成橘紅色。到了夏末，一根根
成熟的胡蘿蔔，從土裡探出頭來。

菜農拔起胡蘿蔔

18

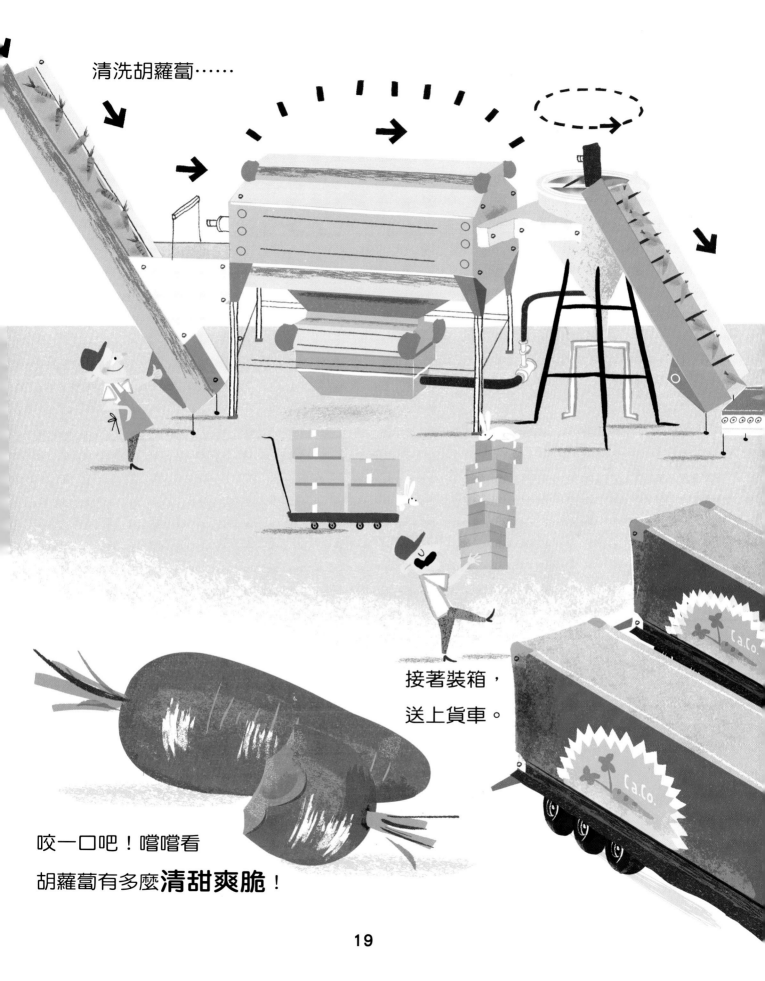

清洗胡蘿蔔……

接著裝箱，
送上貨車。

咬一口吧！嚐嚐看
胡蘿蔔有多麼**清甜爽脆**！

餅乾裡的巧克力豆從哪裡來？

餅乾的原料是麵粉、糖和奶油。
不過餐盒裡的餅乾，多加了
巧克力豆。

巧克力由可可豆製成——是很多很
多的可可豆唷！它們都是從可可樹
上的豆莢裡取出的。

從可可樹上摘下豆莢，再把豆莢剖開
挖出裡頭的可可豆。把可可豆鋪放
均勻，在太陽下曬乾。

可可豆曬乾後，運送到工廠；有時候，工廠遠在世界的另一頭呢！

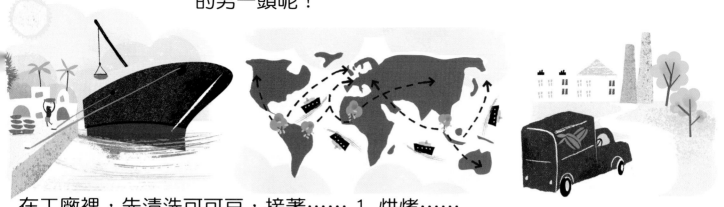

在工廠裡，先清洗可可豆，接著…… 1. 烘烤……

2. 磨成黏黏稠稠的糊狀。

3. 加入糖，讓可可糊變甜。不過這時候可可糊還不夠細緻，得再經過擠壓、攪拌、融化、冷卻……

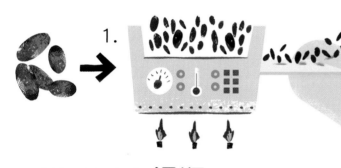

……才能變得細緻**滑順**
（製作巧克力得花不少功夫！）

. 最後，倒入
裹子裡，做成
克力磚。

巧克力磚再做成小小的巧克力豆；
放進嘴裡，巧克力再一次**融化**！

小柑橘從哪裡來？

小柑橘是長在樹上，小小圓圓的果實。初夏時，果園裡一棵棵小柑橘樹開滿了花，每一朵的花瓣都泛著光澤，散發甜甜香氣。

花朵凋謝後，長出綠綠小小的果實。

小小柑橘在溫暖的陽光下成長，顏色也從綠色變成黃色。到了初冬轉涼時，果實已經轉為橘紅色，一顆顆沉甸甸的，渾圓飽滿又多汁，重量壓得樹枝都彎垂了下來。

22

果農爬上梯子摘小柑橘。小柑橘的果肉非常柔軟，摘採的時候得戴上手套，免得戳傷或碰傷小柑橘。

果農把採收下來的小柑橘清洗乾淨、裝箱，送上卡車運到市場。

小柑橘的皮非常好剝！剝完皮，掰一瓣扔進嘴裡，嚼起來酸甜**多汁**，而且連一顆籽都沒有！

23

從第一口麵包，到最後一瓣水果，我們已經把餐盒裡的食物全吃光了！食物來自農場、菜園、果園、牧場和製乳廠。透過農夫、麵包師傅、酪農、起司師傅、巧克力師傅、果農、菜農、包裝專員和送貨司機等等好多人的通力合作，我們才吃得到各式各樣的食物。

現在食物全進肚子裡囉，開發揮功用……幫我們長高長壯，讓們活力充沛！

想要健康成長，光靠午餐可是不夠的。右邊的盤子分成五個區塊。每天都要攝取到每個區塊的食物，而其中「蔬菜水果」和「碳水化合物」占的比例應該最多。

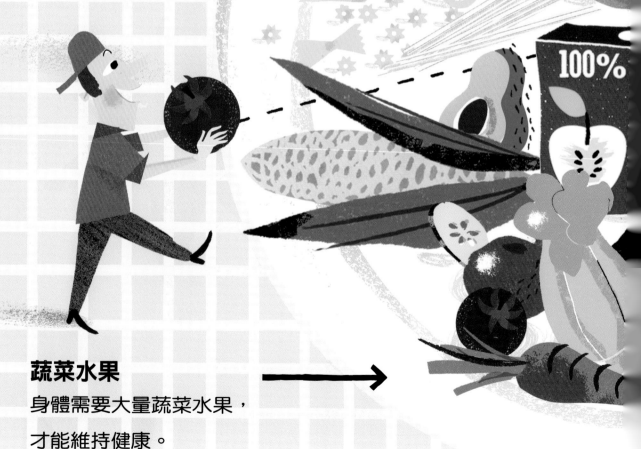

碳水化合物

吃這類食物很快就有飽足感，產生能量讓我們繼續向前。

蔬菜水果

身體需要大量蔬菜水果，才能維持健康。

100%

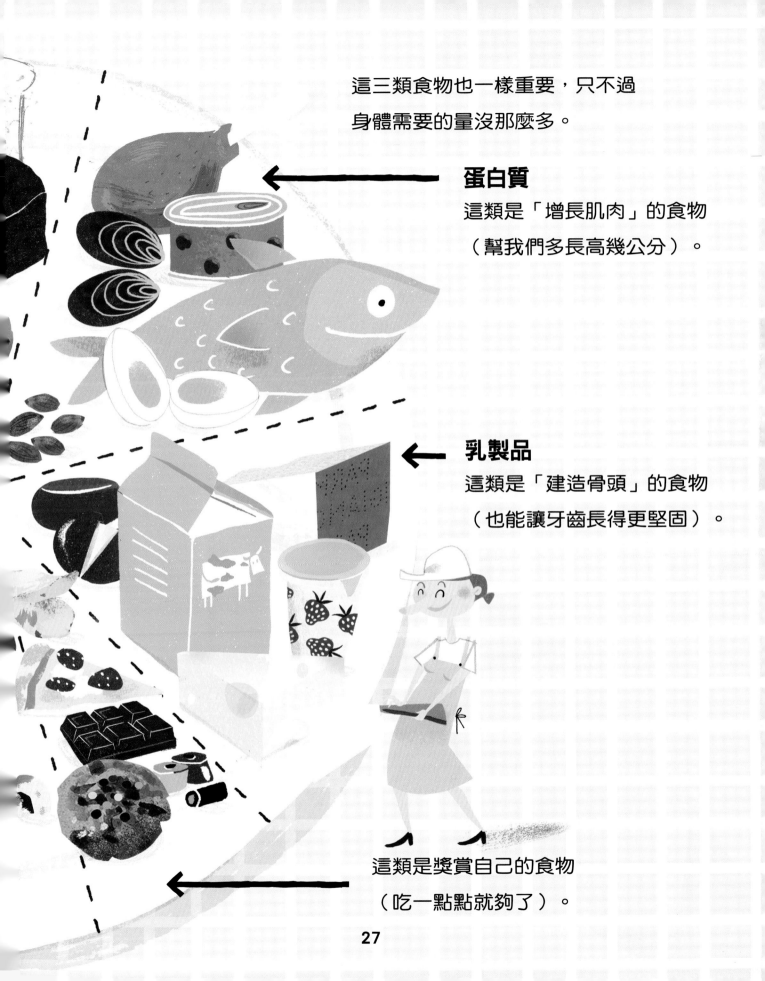

這三類食物也一樣重要，只不過
身體需要的量沒那麼多。

蛋白質

這類是「增長肌肉」的食物
（幫我們多長高幾公分）。

乳製品

這類是「建造骨頭」的食物
（也能讓牙齒長得更堅固）。

這類是獎賞自己的食物
（吃一點點就夠了）。

食物小知識

人體主要是由水構成的。我們一天需要的飲水量，大約是六杯（汽水可不算喔；汽水含糖量超高的）。

人體不停在生長（睡覺時也是！）。所以，別忘了，早餐一定要吃。吃了早餐，身體才有能量好好過一天。

老是坐著，身體很難維持健康。不管是追球、追狗狗，或是追朋友們都可以，每天花一小時左右動一動就對了！

每天吃五種不同蔬果，對身體有益。何不這個星期就來試試一種新的水果或蔬菜呢！

索　引

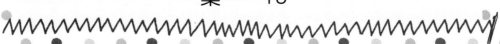